Les exposicions d'il·lustració
"Nenes, bruixes i princeses"
i "Prínceps, herois i valents",
creades i coordinades per l'il·lustrador
i professor d'il·lustració Ignasi Blanch,
van inspirar un seguit d'històries
al grup de contacontes Vivim del Cuentu.

Aquesta col·lecció de "Contes desexplicats"
sorgeix de la col·laboració
entre el grup Vivim del Cuentu
i alguns dels joves il·lustradors
participants a les dues mostres.

*A tothom qui vulgui trobar una rateta*
*o un ratolí per no parar de llegir.*
Vivim del Cuentu

*Per als meus petits lectors Gabriel, Edith i Joel.*
MM

**Disseny de coberta:**
Elisenda Nogué (Metagràfica)

Dotzena edició: octubre 2020



Edelvives Talleres Gráficos. Certificat ISO 9001
Imprès a Saragossa, Espanya

ISBN: 978-84-479-2668-8
DL B 2158-2013

# LA RATETA QUE LLEGIA A L'ESCALETA

Vivim del cuentu
Il·lustracions: Marta Munté

BAULA

Hi havia una vegada una rateta
que escombrava l'escaleta.
Era una rateta bonica i eixerida.
Un bon dia, escombrant, escombrant,
va trobar un dineret!

«Noi, quina sort!», va pensar la rateta.

Tot seguit va pensar què es podria comprar.
I si es comprava un llacet?
No, que aquella rateta no era gaire presumida,
no li preocupava anar ben vestida.
Podia comprar melmelada i un confit,
però potser no en trauria partit.
Podia comprar un patí,
però el que tenia ja anava molt fi...

—Ja ho tinc! —va exclamar la rateta—.
Em compraré un llibre, que a mi m'encanta llegir!

I xino-xano, camina que camina,
va trobar una llibreria.
Va entrar a dins i va saludar la senyora Conill,
l'encarregada de la botiga.
Després de remenar i remenar,
perquè tots els llibres li agradaven molt,
es va gastar la moneda amb contes de tota mena!
I més contenta que un gínjol,
la Rateta va seure a llegir a la seva escaleta.

Tot saltant amb passos de ball,
molt tibat es va acostar un gall:

—Quiquiriquí! Rateta, rateta,
tu que ets tan boniqueta,
no voldries pas casar-te amb mi
que sóc tan bon fadrí?

—Ai, doncs no ho sé pas, senyor Gall.
A veure, explica'm, quin és l'últim conte
que t'has llegit?

Una mica estranyat, el senyor Gall
li va contestar:

—Però Rateta, no vols sentir la meva veu?
Ves qui em podria igualar, a mi, que sóc un tenor
que per allà on passa es fa escoltar?!
Quiquiriquííí!!!

—Ai, que m'eixordes, senyor Gall!
A mi el que m'agrada és llegir i parlar.
Jo vull un marit per conversar.
Ja pot tenir una veu molt maca,
que si el que diu no és interessant,
m'avorriria massa! Així doncs,
quin és l'últim llibre que t'has llegit?

—L'única cosa que llegeixo
són els contes que passen en una granja,
perquè hi surto jo!
Has vist Rateta, que bonic que sóc?
I que maco que surto dibuixat als contes!
És com si m'estigués mirant en un mirall!

—Doncs saps què?
No et vull, perquè tens massa orgull!
Au, passa, passa, que amb tu m'avorriria massa!

Amb les orelles llargues i el cap de suro,
es va acostar un burro:

—Rateta, rateta, tu que ets tan boniqueta,
que et voldries casar amb mi
que sóc tan bon fadrí?

—Doncs no ho sé pas...
Per acabar-me de decidir,
em diràs quin llibre t'acabes de llegir?

—Un llibre? Jo l'única cosa que sé llegir
són pàgines en blanc,
perquè no tenen lletres i així no tardo tant!

—Ai mare meva, si que n'ets de ruc, sí!!!
Au, passa, passa, que amb tu m'avorriria massa!

Juganer i afectuós,
pel camí s'acostà un gos:

—Rateta, rateta, tu que ets tan boniqueta,
que et voldries casar amb mi
que sóc tan bon fadrí?

—A veure, depèn. Em vols dir
quin és l'últim llibre que t'has llegit?

—Doncs... jo llegeixo el diari,
perquè li porto al meu amo cada dia al matí!

—Però només llegeixes el diari, senyor Gos?
No llegeixes contes tradicionals,
de prínceps o gripaus?
Au, passa, passa, que amb tu m'avorriria massa!

Més tard pel caminet, tot rosadet,
va arribar un porquet:

—Senyora Rateta, vostè que és tan polideta,
no voldria un garrí que li faria de molt bon fadrí?

—No ho sé... depèn del que llegeixis.
Quin és l'últim conte que t'has comprat?

—Doncs... pensant què podia menjar al plat,
un llibre de receptes m'he comprat!
Receptes d'embotits, llom adobat, llom arrebossat,
pernil del fi, peus de garrí...

—Senyor Porc! Si només llegeixes coses per omplir!
Au, passa, passa, que amb tu m'empatxaria massa!

Presumit i confiat,
pel camí s'acosta un gat:

—Rateta, Rateta, que n'ets de boniqueta,
no voldries pas casar-te amb mi
que sóc un bon fadrí?

—Depèn, senyor Gat.
Quin és l'últim conte que t'has llegit?

—Jo no tinc mai ganes de llegir,
perquè com que caço de nit,
durant el dia descanso al llit!

—Doncs quin gat més ensopit!
Au, passa, passa, que amb tu m'avorriria massa!

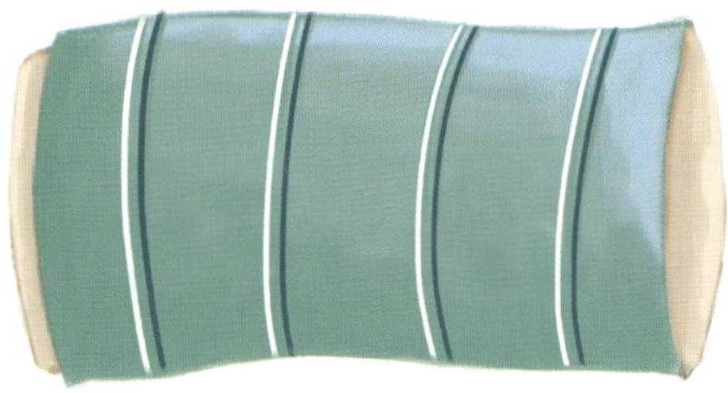

Però al cap d'una estona,
sota el cel blau i un sol de color de mel,
sense ni veure el camí es va acostar un ratolí.
Distret amb un llibre molt gran,
semblava que no veia la Rateta.
Era un ratolí que no podia parar de llegir.

La Rateta va quedar enamorada
d'aquell ratolí, aquell animaló sí que li agradava!
I va baixar corrents l'escaleta
perquè no el volia deixar perdre.

—Senyor Ratolí! Senyor Ratolí! —cridava
la Rateta—. Quin conte porta entre mans,
que no el deixa fixar-se en mi?

—Perdoni, senyora Rateta!
Com que vaig llegint aquest conte tan gran,
camino sense mirar endavant!

M'agrada molt llegir,
i quan començo ja no trobo fi!

—Ai, que n'és de maco, aquest ratolí!
Aquest sí, que el vull de fadrí!

I així va ser com aquella rateta i aquell ratolí
es van casar i van muntar una biblioteca
perquè tots els animals del poble
poguessin anar-hi a llegir.

I és per això que, des d'aquell dia,
quan a algú li agrada molt llegir,
se li diu que és una rata de biblioteca,
i vet aquí que això és bo
perquè vol dir que s'assembla
a la Rateta que llegia a l'escaleta
i al Ratolí que no podia parar de llegir.